U0717783

SPRING
野

更具体地生长

All This Wild Hope

我，不适应

N/A
エヌエー

Toshimori
Akira

年森 瑛

〔日〕年森瑛 著

夏殷 译

GUANGXI NORMAL UNIVERSITY PRESS
广西师范大学出版社
·桂林·

图书在版编目（CIP）数据

我，不适应/（日）年森瑛著；夏殷译.——桂林：
广西师范大学出版社，2024.6
ISBN 978-7-5598-6853-4

Ⅰ.①我… Ⅱ.①年… ②夏… Ⅲ.①中篇小说－日
本－现代 Ⅳ.①I313.45

中国国家版本馆CIP数据核字（2024）第065892号

著作权合同登记号桂图登字：20-2024-002号

WO BUSHIYING
我，不适应

作　者：（日）年森瑛　　　特约编辑：徐　露
译　者：夏　殷　　　　　　装帧设计：汐和 at compus studio
责任编辑：彭　琳　　　　　内文制作：陆　靓

广西师范大学出版社出版发行

　广西桂林市五里店路9号　邮政编码：541004
　网址：www.bbtpress.com
出版人：黄轩庄
全国新华书店经销
发行热线：010-64284815
北京华联印刷有限公司印刷
开本：889mm×1260mm　　1/64
印张：2.125　　　字数：40千
2024年6月第1版　　2024年6月第1次印刷
定价：42.00元

如发现印装质量问题，影响阅读，请与出版社发行部门联系调换。

这副身体，是属于"我"的。

——

我不需要任何不是"我"的东西。

　　那是我十三年的人生中第一次见到宣传单在发光。

　　空调坏了，教室的窗户敞开着，止汗剂、洗发水、没洗的室内鞋、手背上唾液的干涩味道，各种气味混杂在一起。

　　两块窗帘布角绑着结，被风吹起，鼓鼓的，像只胸罩。我坐在靠窗的座位上，胸部被侧压着，伸手接过前排传来的宣传单。这种保健室定期分发的宣传单，以往我从来不看，都是带回家当炸物的吸油纸用，那天的标题却吸引了我的注意。

"体重过低会有停经的危险。"

"为了将来，不可过度节食。"

那天晚上我开始戒碳水。妈妈问起来，我只是回答吃多了犯困，无法投入学习和社团活动。原本就低于平均体重，转眼月经便不来了。我不懂为什么这是被禁止的。为此痛苦的朋友也都瘦一些就好了，不是吗？但这听起来像在炫耀，所以我没有说出口。有的女孩嘴上说着羡慕我，自己也好想瘦下来，却每天都在吃零食，对她来说吃比瘦更重要，我不能泼冷水。

然而，我也渴望有人理解这种感觉，在不怎么用的推特上搜索了"月经 不来"。"月经不来，好焦虑啊～"不对。"月经已经一个月没来了，烦恼要不要告诉男朋友。"不是这个。"听说没来月经的时候把'小崇小敏'里'小敏'的照片当壁纸很管用[1]，是真的呢。"完——全——不——对。搜索"月经 不来 开心"。"月经没来，结果是怀孕了！好开心~""月经不来有种怀孕的感觉，开心。""月经不来。难道是……（婴儿颜文字）（心形颜文字）开心！"

默默地关闭了应用程序。如果大喊出声，我一定会被带离到别处。

过了一段时间后，家人共用的电脑搜索记录里出现了"孩子 不吃饭""让孩子停止减肥""父母 应对 厌食症""厌食症 原因 母亲"等关键词，我觉得妈妈很可怜。为了不让她胡思乱想，我决定将体重维持在将近四十公斤。学校的椅子

---

[1] 小崇小敏（タカアンドトシ），日本搞笑组合，由铃木崇大（负责"装傻"）和三浦敏和（负责"吐槽"）两人组成。小敏留着短寸，笑容和善。看小敏的照片能缓解痛经，是一个出圈的综艺梗。——本书若无特别说明，脚注均为译注

很硬，到第四节课尾骨就疼得不行，我只好把防灾头套[1]垫在椅子上，还要再加一个软枕坐着。尽管被叫去保健室接受了好几次心理咨询，但也顺利从初中部毕业了，除身高之外身体没有任何变化。直升高中部后，也只在伤口和破裂的粉刺里确认过自己鲜血的颜色。这样的高中生活似乎就要结束了。

---

[1] 地震时佩戴的防灾头套，一般是阻燃布里包着棉花。在灾害发生时套在头上防止坠落物品砸伤头部等意外伤害，平时可当作坐垫、靠枕、枕头等，是学校、家庭常备的应急用品。

***

伴随着刺耳的声响，门被推开了。计划在几年后才重建的高中部教学楼，早已到处吱呀作响。

"松井殿下，你带卫生巾了吗？"

铃声刚响就去了厕所又折返回来的女孩，从半开的门外伸进脑袋。坐在靠门最后一排的圆香在这种时候很容易被人搭话，她摇摇头。正在整理储物柜的尾城借着圆香作掩护，从她背后偷偷摸摸地递给女孩一个小包。安住老师在教室时，女孩们不像以往那样肆无忌惮地把卫生巾扔来扔去。

"裙子没事吧？"

转过身去的女孩裙子上只有几根线头。

"没事。"

女孩道了谢，小步跑走了。圆香反手关上门，十二月走廊上的空气被截断。勾在把手上的指尖一阵疼痛，这才发现不知什么时候被纸划伤了。圆香的皮肤很脆弱，随身携带的小包里没有其他东西，只塞着创可贴和软膏。

下课铃早响过了，小森还没和安住老师搭话。

上下两块黑板交替，发出好似远雷的闷响。待安住老师把第一块板书擦干净，小森还在座位上将五颜六色的笔一支支收进笔盒，以往她早就会收拾好，露出亮晶晶的虎牙站在老师身边了。安住老师开始擦第二块黑板，连圆香都感觉到他在窥探小森的视线。字迹很轻的"民权运动"消失了。小森将碎屑收拢到桌角，脚边散落着第三节课后抖落的黑色碎末。

安住老师的右手划过黑板，美国地图随之

消失。

班上有二十人左右选修世界史，以往在别的教室上日本史课的学生回来之前，小森总要缠着安住老师聊天。除了她以外，班上篮球部部员都选修了日本史。性格温和的小森在篮球部里人缘很好，但比起同学，她似乎更喜欢与知心的篮球部顾问安住老师交谈。一些女孩开玩笑说："小森是看上安住喽，谁叫她是颜控。"真是这样的话，小森今天的态度或许是恋爱中的推拉也未可知。圆香不清楚安住老师的年龄，他看起来比其他教师年轻许多。

安住老师将黑板擦放进清洁器里，小森终于站起身。

安装在黑板旁的清洁器已经老旧，运行时发出巨大的声响，盖过了附近工地的噪声。小森有点故作姿态，也可能是为了不输给清洁器而提高了嗓门。两人的声音无法传到最后一排的圆香这里。

小森像以往那样露出亮晶晶的虎牙，抬头看向安住老师。交叉的双臂抱着一本厚厚的教科书，紧压着圆实的胸部。

门被猛地推开，尖利的吱呀声刺穿了清洁器的轰鸣。

"安住老师还没走呢。""总是这样。""一起上下一节数学课吧。"结束日本史课的学生回到教室，走在最前面的篮球部的几个女孩热络地打着招呼。"你们这些家伙，说敬语啊！"安住老师回应道，声音里毫无怒气。女孩们围着他欢快地笑着。

离学校最近的车站站台上，圆香发现两个同学排在最前面。尾城也注意到了这边，朝圆香挥了挥手，另一只手里捏着一本皱巴巴的单词本。翼沙挨着尾城站着，刚才在盯着站台屏蔽门看，这时也跟着挥了下手。电车刚好进站，翼沙厚重的头发被风吹起，露出微微闭合的耳洞。圆香向排在两人后面的人轻轻点头致意，自然地插到了前面。

"松井殿下也这个时间回家啊，真难得。"

最早喊圆香"松井殿下"的就是尾城。"你是王子[1]嘛。叫什么'圆香'。"尾城得意扬扬地说完，未等圆香反应，周围的人都率先同意了。现在班上女孩几乎都喊她"松井殿下"，不这样喊的只有没怎么说过话的同学和翼沙而已。

"我退出了社团活动。"

"啊，是吗？辛苦了。"

---

[1] 因圆香长得高，才被同班的女生称为"女校王子"。

电车门内倾吐出人流，上车的人交替而入。只有零零散散的几个空位了，圆香走到对面的门前站定。车内外的温差让尾城的眼镜蒙上一层雾。

大部分学生都坐世田谷线或田园都市线的下行线。圆香和尾城同路，先上涩谷，换乘东横线，再下横滨方向。即便没约好，早上上学她们也经常同车。而翼沙回家应该要坐田园都市线的下行线才对。翼沙注意到了圆香的视线，说道："我去新大久保吃个饭。"

"和推特上的人？"

"嗯，真美，还有信玄饼。"

大人总是说"不准和陌生网友见面"，翼沙对此不以为意。对她来说，他们并不陌生。

翼沙举着手机，像在炫耀自制手机壳。透过粘着亮片的透明壳面，圆香与金发飘扬的偶像四目相对。记得上周那里面夹的还是另一个女孩的小卡。尾城似乎也注意到了。

"翼沙，又换'墙头'[1]啦？"

"没换，多了。"

"好花心啊。"

"去死吧你。"

彼此之间粗鲁的态度，正是她们从初中起就亲密无间的证明。翼沙不再理会哈哈大笑的尾城，转头问圆香："你去哪儿？"

"见个人。"

"人？"翼沙笑了。

"就说见男朋友呗。"

"嗯……"

不知为何，圆香有点抵触"男朋友""女朋友"

---

[1] 追星族术语，意为"暂时性喜欢的偶像"。

这样的称呼。她和小海的关系既不像恋人那般甜蜜，也不像搭子那样随便，最近流行的"伴侣"的叫法也让圆香觉得空洞。目前她心中最为贴切的形容是"正在交往的人"。

"不然我也找个男朋友算了。"

翼沙的话大部分都随着空气而膨胀，无人接住的话语被暖气的风吹起，卡在广告海报的凹槽里再也没有回来。

尾城眼镜镜片上的雾气消失了，视线落在手中的单词本上。翼沙的拇指忙碌地在手机屏上滑动，应该是在跟即将见面的朋友发消息。圆香也拿出了手机。

"怎么办 我就在你斜对面靠门这边"

看到锁定屏幕上的消息弹窗，圆香立刻抬起头。

越过零星站着的人群缝隙，视线捕捉到车厢另一边靠前一道门附近的小海的身影。这时又来了一条消息弹窗。

"到地方再集合吗"

"好"

为避免不必要的麻烦，圆香没有侧过脸去，只转动着眼睛。确认尾城在盯着单词本，翼沙也在盯着手机之后，她尽可能地将手机贴在胸前输入消息，尽管比她矮的两人根本看不到她的手机屏幕。

"我慢慢走 你先去"

"好 是这家店"

圆香点开链接，首图是一家老旧的松饼店，更礼貌的说法是古朴的甜品店的照片。圆香自己没有提想吃的东西，当然也就没资格抱怨。只是小海好爱吃甜食，让人头疼。圆香发送了一个跪地磕头的小熊表情，然后把手机收进大衣口袋。

"前方到站涩谷站。车门即将打开，请从这一侧下车。"圆香盯着用四种语言显示站名的电子屏。车速渐渐慢了下来。一群高个子的学生不知什么时候站在了她与小海的对角线上，正好挡住了小海的身影。停下来的电车，吐出一口长气。

和换乘山手线的翼沙分开后，圆香和尾城并肩走下扶梯。人流涌入宽阔的大厅，前面小海的背影迅速变得越来越小。为了不让尾城察觉，圆香故意放慢了脚步。

东横线的站台位于涩谷的谷底 [1]，网速很慢还

---

[1] 涩谷车站位于坡道和坡道之间，地形呈"谷"状。涩谷车站外的十字路口人流聚集，是东京繁华街道的象征。2013 年 3 月，涩谷站改造从地上移入地下之后，东横线的出发站台被放在了地下较深的位置。

经常没有信号。通往站台的自动扶梯却像按下了加速播放键，快速运行着。两张并排贴着的脱毛沙龙和生发剂广告的海报无法跳掉，圆香只能任由它们滑过自己的身旁。

隔着站台一分为二的下行线路中，一侧停着一趟逢站必停的慢车，两人决定在另一侧的线路上等下一趟急行快车。上行线路驶近的电车声、隧道的风声与喧嚣的人声混杂在一起。

"我能不能说个男朋友的事？"

圆香很清楚这句话和二叔说的"我能不能抽根烟"一样，不是征求同意，而是一种宣告。尾城没有要跟她玩投接球，既然只是单方面地对墙挥拍，那她只要说"好"就行。

"上次在家做的时候，我男朋友他……"

"嗯。"

"中途突然大叫，我还以为什么事，原来是大姨妈来了。"

"哦。"

用不着接住飞来的话语，也不用来回传球，只要机械地给予回应。这样一来，就算无法理解，对话也能顺利进行下去。

"我怕弄脏床单，就抬起屁股、手脚撑着下了床，像反向平板支撑那样。我男朋友完全不行了。"

"因为平板支撑？"

"因为大姨妈啦。嗯，大概都有吧？女的反正都习惯了，男的应该没几个亲眼看过，那么多血呢。吓坏了吧。"

"嗯。"

回应。

"这都三天了，发消息给他一直未读，说不定要分。我要是考上了，就变远距离了，本来也打算只谈到高中毕业，要分就分。烦就烦在补习学校，我们同一个班。"

"哇哦。"

"真不想去。不过我还是会去的。就是他不理我，好烦啊。"

"也是。"

"我干脆学翼沙那样放弃三次元？算了，还是专心备考吧。"

尾城手里的单词本贴着好多索引贴，封皮已经没了，最后一页被手汗濡湿翘起了边。翼沙高中毕业后是直升本校的大学部，圆香在争取指定院校的保送名额，尾城与二人不同，她的志愿是公立大学。

"你接着背单词吧。我也要学习了。"

"嗯。谢啦。"

埼玉始发的急行快车驶入站内，单词本的纸页在风中翻动。电视台经常在这附近的八公雕像[1]前和109[2]旁拍摄以东京人为对象的街头采访，但其实在涩谷的人有一半是埼玉县民，另一半是神奈川县民。

"抱歉啊，跟你说这些。松井殿下就是善解人意，而且又是这边的人。"

从急行快车上下来的人几乎都在与大厅相连的自动扶梯前排起了长队，有几个走向了对面慢车那边。圆香觉得坐慢车也没关系，可急行快车

---

[1] 东京涩谷站前的忠犬八公像，纪念的是日本历史上一条具有传奇色彩的忠犬，其品种为秋田犬，名为八公。它是涩谷地标性的场所。在涩谷约定见面的人们喜欢约在八公像前集合。
[2] 东京涩谷109商场，涩谷地标性的商业建筑。以销售面向少女的平价潮流服饰而闻名，非常受年轻人的欢迎，是涩谷时尚的代表。

张开大嘴发出鸣响，催促着她把腿迈了进去。

塞满了人的电车缓缓起步。尾城懒得抓吊环，伸手抓着圆香背包的外袋。男女共乘的车厢里到处飘荡着女校的气味，不论是在吸饱了灰尘的大衣上，还是暖气充足的车内空气中都能闻到。

"如果被大家发现了是女人会很麻烦，所以要保密。"机敏的尾城察觉到圆香有交往对象之后告诉她，那得意扬扬的模样和给圆香取"松井殿下"的昵称时一样。

和去北口附近补习的尾城分开后，圆香从南口前往约定的甜品店。林荫道上树叶都掉光了，小海站在店门口，裹紧了鲜蓝色翻领大衣的前襟，打底裤包裹的两条腿冷飕飕地摩擦着。

"小海。"

听到圆香的喊声，小海被北风吹冻僵的脸上露出笑容。原本褐色的长发染成了黑色，披散的长发上围了一圈围巾，几绺零碎的发丝露在围巾外面。

"你染头发了。"

"因为要开始找工作和实习了，很奇怪吧？"

"很适合你。"圆香回答，小海满足地扬起嘴角。第一次见她就是一头黑发，所以圆香更习惯小海今天的样子。只是发色不同，其他一如往常，睫毛刷得翘翘的，脸颊晕染成蔷薇色，仔细地上过粉底完全看不出毛孔，鼻头微微发亮。

圆香穿着厚厚的毛呢牛角扣大衣，胳膊肘上传来小海指尖的触感。

"你朋友没发现吧？"

"应该没有。"

"那就好。进去吧？"

圆香点点头，推开沉重的拱形店门。头顶上方的铃铛响了。系着围裙的店员把她们带到靠窗的双人座位。

"小海，你坐哪边？"

靠窗一侧能看到店内，另一侧可以透过玻璃看店外的风景。

"我靠窗坐吧。"

店内放着乡村音乐，天花板一角安装了一台很大的电视，无声地播放着足球赛事转播。靠门置物架上随意堆放着杂志，店内随处可见制作年代不一的摆件，墙上挂着手工编织挂毯，整个空间杂乱无序，不太像一家餐饮店。

小海把脱下的外套放在沙发椅一角，一坐下来就举着手机到处拍照，恐怕把其他客人的脸也拍得一清二楚。圆香很担心邻桌的几个阿姨会过

来骂她们。稍远一点的几张桌子上坐了一些同龄
女孩，还有一对男女，这些人好像也是为了拍照
而来。

穿着校服的自己和穿着私服的小海，在周围
人眼里是什么关系呢？是年龄差了好几岁的姐妹，
还是商量就业问题的学妹学姐，又或者是网友？
至少她们不会像中间那张桌子上紧挨在一起相视
而笑的男女那样，一眼就被认定为恋人。

小海沉迷在拍照中，圆香翻开桌上的菜单。
菜单看起来像是店家手工做的，覆了一层透明膜，
模糊的食物照片下贴着写有菜名的贴普乐[1]标签。
厚厚的松饼可任意挑选搭配小菜或甜点。圆香选
了热量较低的小菜。菜单只有一份，为了方便小

---

[1] TEPRA，日本锦宫（KING JIM）公司生产的标签打印机。

海看，圆香把菜单翻转了半圈。小海把手机放在桌上，仔细看起菜单。圆香只看一遍就立刻决定好了，小海却总是在同一页上犹豫不决。

"在比较什么？"

"选这个限定款呢，还是招牌的培根奶酪呢？"

"那我点份培根的，我们分着吃？"

"可以吗？"

"嗯。"

圆香原本打算点金枪鱼沙拉的。"太好了。"小海发出欢呼声，向对上了目光的店员点头致意。点完菜，抿了一口冰水后，小海蹙起双眉、双手合十，抬眼看着圆香。

"上次我也说过吧，圣诞节那天我要打工，闭店后才能走。"

"没关系。那天我也要上补习班。"

"你是走保送对吧？不过，选拔方式和我那时候不一样了。暂时还不能放松哦。等你通过了我们就去旅行吧。"

圆香敷衍了一句。小海理所当然地认为明年这个时候圆香还和自己在一起。冰水杯好像在冒着汗珠，圆香擦了擦，纸巾却没怎么沾湿。她将视线移向贴在桌子正中的"请勿吸烟"的牌子上。

"你不想去吗？"

小海故作生气地鼓起腮帮子，她很清楚鼓到什么程度不会看起来憨憨的。

圆香和她的恋爱试用期已经快三个月了。

"没有啊。"

店员双手端着两份松饼走了过来，一份挤了鲜奶油，满满地铺着一层煮熟的苹果；另一份加满了芝士，都溢到了碟子上，芝士中间铺着一层培根。小海兴奋地拍着照，圆香也拍了一张。古利和古拉[1]可不会吃之前先拍照。小海歪着头，露出清晰的下颌线。

"手怎么了，怎么贴着创可贴？"

"被纸划伤了。"

"嘶，很疼吧。"

无论见多少次，圆香与小海的对话都接近脊髓反射。飘浮的话语既不会贯穿身体，也不会碰撞回弹，总盘旋在额前大约十五厘米处来回反复。

小海身后置物架上的陶器摆件，蒙着淡淡的灰尘。以前圆香目睹过尘埃闪烁的瞬间，眼前这里的灰尘就只是灰蒙蒙的。

---

[1] 日本经典绘本《古利和古拉》的主角，两只最喜欢做料理的小田鼠古利和古拉。它们排除万难在林子里烤蛋糕，动物闻着香味都跑来了，大家一起分享金黄色的蛋糕。

她们似乎难以成为彼此无可替代的他者。

无可替代的他者，对圆香来说具有特别的意义。

即便只做平常的事，比如吃松饼或写信，也能让世界看起来亮晶晶的。圆香曾将这种别人无法取代的关系命名为"彼此无可替代的他者"。她羡慕古利和古拉，羡慕青蛙和蟾蜍[1]，用孩子气的话说是"最棒的朋友"，这种关系似乎在朋友的延长线上，又好像不是。

在小学即将毕业的时候，一个最接近无可替代的他者，几乎称得上挚友的男孩，告诉圆香说想跟她谈恋爱。圆香对他说明，自己只想和他成为不可替代的他者，而恋人与这种关系不同，最

---

[1] 美国著名儿童文学作家、儿童画家阿诺德·洛贝尔的代表作童话集《青蛙和蟾蜍》，讲述青蛙与蟾蜍这对好朋友生活当中的种种趣事，他们的友情与默契感染了无数读者。

终是会疏远的，所以她不愿意。男孩纠正她说，通常情况下不可替代的他者就是恋人。回想起来，周围对恋爱有兴趣的女孩们也说过，只要是和喜欢的人在一起，任何平常的事都会变得特别。这么说来，无可替代的他者与恋人好像是同义的。圆香反省自己太不谙世事，答应和男孩交往。

男孩变成男朋友后，只要圆香和要好的男生朋友说话，他就会表现得很嫉妒。他似乎认为人的感情是有金字塔式占比的，朋友之上是恋人，再之上是家人。一旦圆香和其他朋友的感情占据了更大的份额，自己就会被夺走恋人的位置。男孩燃起的妒火灼烧着圆香的汗毛。

她想象中的不可替代的他者并不在这金字塔中，正因为独一无二所以不必独占，也不必嫉妒。不论一楼座位的顺序如何移动，二楼的特等席都不会消失。那是任何人都无法替代的，让她想要温柔对待的人。

谈恋爱后，每天随时随地的互动一旦成为义务，和变成男朋友的男孩说话就只会让圆香感到倦怠。如果是无可替代的他者，即使不见面，即使偶尔不说话，彼此的感情也不会减少才对。被握住的手湿乎乎的，好难受。

或许以后两人会像绘本中的好友一样更加亲密，想去哪儿就去哪儿，想成为什么样子就成为什么样子。怀着这份美好的期待，圆香与男孩的交往在樱花萌芽的时候开始，在落樱沉入脏水洼时结束。

小学毕业后，圆香接受妈妈的安排，参加了一所私立初高中直升的女校的入学考试，幸运地考上了。刚入学，她就被同学们推举为"校园王子"，女孩们都爱这个可以轻易触碰却谁也不会真正出手的"王子"。圆香交了几个要好的朋友，却一直没找到无可替代的他者。

她几乎要放弃了，直到高二认识了小海。

秋天的时候，实习老师小海来到学校。她带的是高一的班级，不久就因板书字迹潦草在学校出了名，高二的圆香也有所耳闻。全校大会上，小海和其他实习老师并排而站向学生问好。那动人出众的女性容貌与姿态，即便在女校中也格外耀眼夺目，无论学妹们怎么传她字迹潦草，圆香都无法想象。实习期最后一天放学后，圆香去老师办公室交日志，看见班主任正在和实习老师们说话，就走到隔壁校长室外面，看着外墙上的水槽打发时间。那时，小海突然站到了她身边。

小海跟她说的第一句话是"喜欢意式烩鲜鱼

吗"，最后问的是"你玩 IG[1] 吗"。因为对方看起来像已经毕业的学姐，拒绝似乎不太礼貌，所以圆香口头告诉了她一个自己只用来发 Stories[2] 的账号。当天晚上就收到了私信，内容是说圆香在升学考试上有什么不懂的可以找她商量，可以的话想约出来边吃边聊。邮件里还说，如果被老师发现她偏爱某个学生一定会被责骂，所以希望圆香保守秘密。

　　圆香被带去了一家意大利餐厅，如邮件中所说，小海解答了她许多关于升学考试的疑问。小海写在笔记本上的字迹确实很潦草，但也不至于难以辨认。圆香感觉她不像坏人。

---

[1] Instagram 的简称，这是一款以照片分享为主要形式的社交应用软件。
[2] 指 Instagram Stories，也称限时动态，Stories 发布的照片或视频出现在账号动态的顶部，在发布二十四小时后就会从动态中消失。

回去的路上小海对圆香说："跟我谈会很有意思哦，要不要试试看？"圆香这才意识到她一开始的目的就是这个。小海说话的时候脸部五官乱飞，时不时又拧作一团，眼睛里冒着酸臭味。圆香见过这种表情，是恋爱中人的模样。

圆香所憧憬的依旧是无可替代的他者，对小海想要的恋人关系并不感兴趣。

然而随着年龄增长，圆香逐渐明白，在人类的世界里很难拥有专属于两个人的关系。像青蛙和蟾蜍、古利和古拉那样，童话故事里的小动物们可以共享彼此专属的时间，形成只有彼此才懂的默契，虽然不住在一起，但一起吃饭一起玩耍，不求回报地付出。可是人要做到这样就必须附带上恋爱这种感情。

再说，古利和古拉都是雄性，圆香是雌性，

想要变成他们那样或许更加困难。

圆香又想，说不定嫉妒和占有欲只是十几岁的人特有的幼稚，成年人的恋爱关系才更贴近"彼此无可替代的他者"。听说成年人的恋爱最后会发展成家人，那么家人不是比恋人更接近无可替代的他者吗？她想试试看。毕竟她只交往过一个，而且是个男孩，她对恋爱仍旧懵懂，很可能还未意识到恋人才真正是无可替代的他者。如果同性才可以的话，小海是符合条件的。

当圆香说出"其实我还不太明白谈恋爱是怎么一回事"后，小海回答的是"那就试着谈谈看"，所以圆香到现在还认为她和小海在试用期。

谁知道小海也很幼稚。已经成人了，脱掉了校服也会这样吗？圆香感到一种近乎轻蔑的失望，这和以前交往的男孩没什么区别。

"啊，张嘴。"

小海用小勺挖了一口甜点伸到圆香面前，看起来就糖分超标。

"太羞耻了……"

食物几乎是与人见面时必不可少的媒介，这也是圆香不擅长的，似乎没有食物作缓冲器就无法继续交谈。

她避开小海的手，闻到了一股桌上食物没有的香味。

"是桂花香吗？"

"是我的香水，之前你说过喜欢这个味道呀。"

我说过吗？也许在不久前去的咖啡馆里吃桂花芭菲的时候说过吧。连圆香自己都忘了的细枝末节，小海全都记得。

今天回去的时候在这里聊过的话大半也会忘

记。终将遗忘的时间正在流逝。如果可以快乐到忘记时间那该多好。可圆香对于真正的小海一无所知，只是沿着形塑出小海形状的、模糊的轮廓线与她交往。

"旅行的事呀，这段时间我们都太累了，就当奖励自己去泡个温泉怎么样？"

对小海的提议，圆香如她所愿地回了句"好"。在被那湿润的眼神缠住之前，圆香故意把目光移向松饼，拉开了距离。

圆香内心已经得出结论，却迟迟下不了决心，只是一味地拖延，抱着不太现实的微弱的希望。

走到最近的车站时，口袋里的手机震动了。发来的信息是一个打电话的小熊表情。圆香给妈妈买了几个日常会用到的表情包，简单的事情就不用打字了。可能因为妈妈太着急按了好多下，连发了三只小熊过来。

"怎么啦？"

"圆圆，你回来的时候能帮妈妈买卷保鲜膜吗？短的那种。还有，地板贴纸……"

"不是跟你说了我记不住，让你打字发消息吗？"

"讲电话比较快嘛。"

"打字习惯了就快了。我一开始也打得很慢的。"

"知道啦。还有，牙刷和……卫生巾还有吗？需要的话，也一起买回来哦。"

收在洗手台下面柜子深处的卫生巾，原本是妈妈和圆香分着用的，现在妈妈已经绝经，只有圆香一个人在用了。

圆香一路打着电话，走到一家药妆店前。

"我去买东西了，先挂啦。"

保鲜膜、地板贴纸、牙刷。收银台前排着长队，圆香走到队尾。

今年终于要结束了。圣诞礼物好想要浦岛太郎的宝箱[1]。

"哇，圆圆，你都能吃芥末了？长大了呀。"

红着脸的二叔说道。小姑接话道："哥，你呀，每年都说这句话。"

元旦是在爸爸的老家过的。松井家的元旦一直是一家人围坐在客厅的大桌子旁，共同享用奶奶长年光顾的寿司店里的特等寿司。上座是四年

---

[1] 日本民间传说。渔夫浦岛太郎因救了龙宫中的神龟，被带到龙宫，并得到龙王女儿的款待。临别之时，龙女赠给他一个宝箱，告诫不可打开。太郎回家后发现村子物是人非。他打开宝箱，宝箱中喷出的白烟使太郎化为老翁。

前去世的爷爷的位置，如今仍空着，紧挨着的位置是奶奶的。然后依次是身为长男的爸爸和次男二叔、小姑、圆香和妈妈。因为妈妈要在厨房和客厅之间来回走动，圆香的右肩冷飕飕的。

"圆圆长这么高啦。大哥和嫂子都很矮，长得像谁呢？"

"美幸家爸妈都是高个子，可能是亲家那边的遗传吧。"

妈妈那边的亲戚除了她以外，个子都很高，外公外婆住在一栋小别墅里，房子是按照身高设计的，不像奶奶这里要担心头撞到门框，也不用怕毛巾架位置太低用起来不方便。光从住房舒适度来说，那边家里唯一个子矮的妈妈，或许更适合住在这边。

"个子是很高，就是太瘦了。是不是你妈没让你好好吃饭啊？"奶奶问道。

妈妈把茶杯端到奶奶面前，还没等妈妈开口，圆香就抢着大声说："哪有，我吃得可多了，我还想吃奶奶的中肥金枪鱼寿司呢。"奶奶顿时笑逐颜开，夹了一个在小碟子里递过来。其实圆香不喜欢油腻的中肥金枪鱼，但她知道奶奶每年都要剩下，所以故意说想吃。况且她心里清楚小孩子都喜欢吃金枪鱼。

"我已经不太能吃金枪鱼喽，老啦。"二叔高兴地宣告着自己的衰老，爸爸也说道："我最近也吃不下霜降牛肉了。"话题从圆香的身材上岔开了。

吞下去的中肥金枪鱼的油脂让圆香觉得恶心，她大口嚼着姜片，又往嘴里倒了口茶冲下去。

"对了，圆圆明年要考大学了吧？真不容易啊。

和我们那时候不一样喽,是叫'中心考试'[1]吧?"

话题再次回到圆香身上。她明白二叔是在以他的方式来缓和气氛。每当圆香说起什么,大人总是兴致勃勃地将话题拉到自己的往事上,圆香要么被抛在话题之外,要么被迫听些不想听的事。大人们不理她反而轻松。

"已经变成'共通考试'[2]了。"

"是吗?二叔跟不上你们年轻人啦。已经是个大叔喽。"

"是跟不上啦。我也是,根本搞不清楚。圆香

---

[1] 中心考试是日本从 1990 年开始以国立、公立、私立大学为对象实施的考试,正式名称为"大学入学中心考试"。每年 1 月中旬举行,为期两天。利用这种考试的国立、公立、私立大学与大学入学考试中心合作,在同一天出相同的考题,共同实施考试。可以理解为接近中国的高考。
[2] 从 2021 年度开始,"大学入学共通考试"取代了"中心考试"。考试科目细则等发生了变化。

的事都交给美幸了。"

"大哥你不清楚可不行啊，是你女儿哟。"

"我要工作啊。"

"美幸姐不也在上班吗？"

竹荚鱼在小姑和爸爸之间闪烁出攻击性的光芒。二叔连忙说着"哎呀，好了好了"，但气氛完全没有缓和。

"你懂什么，我工作很辛苦呀。"

"越是嘴上抱怨辛苦的人，越没做什么了不起的事。"

"你就是这样，才在上一家公司惹了事被赶了出来。好不容易托关系进了美幸的单位，小心不要又丢了饭碗。"

"什么托关系，是介绍好吗？"

"还不是一回事。"

每年都这样，小姑和爸爸关系不好，两个人总是要吵架的。知道会这样随便找个什么理由不来不就好了，但小姑从来不缺席。她应该人不坏，只是有点强势，让圆香应付不来。

打断他们的是奶奶。

"未可子，跟你哥道歉。"

"大哥不是更习惯道歉吗？哦哟，只是在工作上。"

咚！爸爸放下啤酒瓶的力道，让桌子上小碟子里满满的酱油晃了起来。

"好了好了，大过年的。哎，未可子也是刚换工作，累了吧，你之前的领导是太过分了。大哥呢，工作也是真的辛苦。"

二叔圆圆的额头在灯光的反射下油亮亮的。奶奶全然不理会努力调和气氛的二叔，站在了爸爸这边。

"未可子，你啊从小时候就是这样。哪像你哥哥他们，你这张嘴呀不饶人。一个女孩子，不知道考虑别人的感受。总是一个人随心所欲，长大了也还是这个样子。"

在圆香看来，奶奶是个和蔼可亲的老人，二叔虽然有点烦人，但性格随和，很好相处。如果不是小姑，一家人应该能更愉快地吃着寿司。

妈妈还没从厨房回来，好像在洗东西，那边传来了水声。

听说最初是小姑先认识妈妈的，爸爸才有机会与妈妈相识结婚，所以圆香不能跟妈妈抱怨小姑，自己站在爸爸这边似乎也不大合适。

"美幸姐，寿司要变干了，待会儿再收拾，快过来一起吃吧。"

面对奶奶的训斥、爸爸的瞪视，还有二叔的冷汗，小姑一概不予理会，夹了几个寿司放在盘子里钻进了厨房。水声停了，两人好像在说着什么，但客厅里听不见。

一直默不作声的圆香鼓起勇气说道："奶奶，这个中肥金枪鱼太好吃了。谢谢奶奶。"

"圆圆真懂事，像你爸爸，是个温柔的孩子。你小姑能学学就好了。"

二叔往空酒杯里倒着啤酒，念叨着"自己倒酒真寂寞啊"。泡沫在快要溢出杯子边缘时停了下来。圆香有点希望妈妈回到身边，又有点不想她回来。暖气吹在后颈上，不应该穿保暖衣的。"二叔，再喝一瓶吗？"圆香问。"嗯，玄关那儿有一箱，圆圆帮我拿瓶过来好吗？"圆香听话地来到冰冷的走廊上。

隆冬时节老木屋比冰箱里还冷。背上渗出的汗水逐渐消散。手机上收到了尾城的消息。

"新年快乐 我在亲戚家 好地狱啊"

"新年快乐 就是啊"

"好想回家"

尾城发了一个喊着"我不行了"的身体融化的兔子表情，圆香回复了一个施展魔法的狗狗表情，"变成哈多利博美吧"！还不如做一只狗狗呢。好想作为一团毛茸茸的生物在人类之间穿梭，无法分辨雌雄，甚至像涂鸦一般是不是狗都无从判断。可惜圆香只能像现在这样迅速移动大拇指，根本无望变成一只狗。

和同学一起上的寒假补习班里有一些他校的同龄男生，因此圆香在那里自然地成了一名普通女高中生。这些男生既不像亲戚里的男性，也不像教师中的大叔，就好像干掉的抹布，又臭又硬。
圆香很难想象他们曾和自己有过相同的形状，甚
至不记得小学时和他们是如何相处的。尽管如此，
再过个几年自己也将进入和补习班教室类似的
世界。

好希望寒假快点结束，快点回到女校。圆香
只想活在到处是比自己小巧的、柔软的、拥有分
明女性形态的生物的世界里，哪怕作为异物，哪
怕作为限定的"男性"而被喜欢，她都可以只作
为圆香而存在。

奶奶看着圆香大衣下支出的细直的双腿，说
了句"等等"，转身去了卧室。

她递给圆香一包三十枚装的暖宝宝，揉了揉
圆香的肩膀。

"女孩子千万不能让身体受凉。"

这么说不是出于个人的感情，而是因为这是绝对正确的话语，是社会规训女孩应该如此。因为大家都这么说所以正确。圆香明白，奶奶是想让她照顾好身体。奶奶乌黑的小眼睛水汪汪的，映出圆香的身影。

承受着奶奶的视线，圆香感觉身体在慢慢解离。皮肤被削皮刀刮开，血肉软绵绵地松散开来，血管和神经一圈圈漾开被风吹散。暴露在风中的大腿骨上缠绕着一堆像淀粉丸子一样冰冷的透明物，五彩斑斓的丝带从大腿骨缠绕到上半身来。为了不让祖母的血脉断绝，一间女孩制造工厂建成了，工厂的烟囱里飘出热牛奶的味道。圆香的身体变成了某种与圆香无关的珍贵的存在。

圆香缓慢地后退了一步，从奶奶的手中挣脱

出来。

"谢谢奶奶。天冷,快进屋吧。"

"圆圆也要注意身体哦。小心流感。"

圆香双臂抱着暖宝宝,用腕力挥了挥手。奶奶也高兴地挥了挥手。

走下石阶站在马路上,回头看了一眼玄关,奶奶仍在原地不停地挥手。

猛力挣脱,每走一步丝带就会被扯断。这副身体,是属于"我"的。我不需要任何不是"我"的东西。

我喜欢奶奶。

但这是"我"的身体。

走到附近的停车场,爸爸已经坐在副驾驶座上了。妈妈不知为何站在驾驶座的门前,朝圆香头上斜上方的天空挥着手。顺着妈妈的视线望去,

48

只见小姑从奶奶家二楼的窗户探出头来，向这边挥着手。两人像古利和古拉一样在交织的视线上跳着舞。

妈妈发现圆香走了过来，脸上瞬间又恢复了以往妈妈的表情。

月底，翼沙突然约圆香，问她要不要去口美达咖啡店吃个早餐，两人约好八点见面。发来的谷歌定位指向一家离家骑车半小时的店铺。翼沙该不会是要跟自己哀叹距离偶像组合"岚"解散只有不到一年时间了吧。不过她大可以跟推特上的朋友聊这个，并且她好像一直只追女子偶像。没叫上尾城，就她们两个单独约也很奇怪，不过，这个月也没感觉两人有什么不愉快。

骑自行车到店的圆香头发凌乱，鼻头红红的。

难得没有迟到居然还早到了的翼沙，与圆香不同，明显用心打扮过，抹了唇釉的嘴唇晶莹剔透。走上通往二楼店铺的楼梯，已经有三组人在排队了。两人走到墙边，边等位边看着海报上的餐品。早餐有三种。点饮品送半片吐司，可在一小碟红豆沙、鸡蛋泥或一个白煮蛋里选一样搭配。

翼沙有点刻意地摸摸肚子。

"好饿哦。吃点什么呢？"

"珍珠奶茶。"

"你好土哦。"

她们被带到窗边的位子，桌子上有淡淡的"熊本县""佐贺县"的铅笔印痕，圆香眼前浮现出刚才坐在这里摊开教科书在活页本上写笔记的小学生的身影。她深深地陷进红色丝绒沙发椅里。连锁店很少有这种坐起来尾骨不疼的椅子。翼沙点了红豆沙和哈密瓜汽水，圆香点了水煮蛋和欧蕾咖啡。

"新款唇膏？"

"是呀。我推[1]在IG直播时推荐的……好想再有十张嘴。"

翼沙全身上下几乎都由偶像组成。不管是化妆品、衣服还是饰品，都只买偶像当模特代言或私下爱用的商品。在SNS上写下偶像的全名和品牌名称，发帖"某某用过所以买了！"，据说这样偶像就能拥有更多工作机会，自己也能看到更多偶像的露出，还能跟偶像拥有同款，简直是双赢。

餐点送来了。圆香把平躺在编织筐里的半片吐司的三分之二分给了翼沙。翼沙没说什么"你

---

[1] 意指偶像。

要多吃点""长胖一点"之类的话，而是说："好，开动吧。"

所以圆香很喜欢和翼沙一起吃饭。在这点上尾城也不会废话。如果是她们两人之间真的出现了裂痕，就算只是为了在剩下的高中生活里开开心心地搭伴吃午餐，圆香也必须让她们和好。边吃边聊比较好开口吗？圆香伸手拿起了水煮蛋。

"你先吃吧。我要拍照……"

翼沙从包里掏出一个小布袋，把里面的东西零零散散地摆在桌子上。那是一堆小小的亚克力照片，女孩们身穿粉粉的冰激凌色系的服装，展露各自完美的笑容，亚克力板沿着她们的身体裁切出不规则的形状。偶像脚下都有一个底座，看样子可以立起来。

"这是什么？"

"立牌。偶像应援立牌。我们偶像宅装饰在家里或用来拍照的周边。"

翼沙边说边调整立牌的位置，似乎想把哈密瓜汽水的靴子形玻璃杯围起来。立牌里的六个女孩，圆香根本无法看出区别。她看着翼沙把湿毛巾之类不美观的东西都挪到角落，确保只拍到想让别人看到的东西。

"这些都是你的偶像？我很少见有人带这些东西。"

"信玄饼给我的，是追星的固定动作。我粉的是这个马尾辫矮个子女生，其他人只是同一个组合的成员。我的其他墙头也分别在不同的偶像组合里。"

"偶像那么多，不会粉不过来吗？"

"不会，我在备忘录里设了提醒……我是居家粉，不屯 CD，也几乎不买周边，偶像的视频在 YouTube 上看，采访就看网友上传的截图。我花的只是时间。不过偶尔会被管理员级别的大粉敲打，骂我粉丝失格。"

拍完照后，亚克力牌女孩们就被一股脑收进了布袋里。哈密瓜汽水的气泡少了许多。

"失格？怎样才算合格呢？"

"为偶像献出一生，上贡全部财产，偶像死了也跟着殉葬？我是不清楚啦。我虽然追星，但级别不高，比不了那些死忠粉。"

"你在说些什么呀？我完全听不懂。"

"就是说偶像宅分很多种啦。"

拿出厚厚的吐司，编织筐里就空了，这样下去没办法久坐，圆香决定主动出击。

"尾城最近怎么样，你们约过吗？"

"她从早到晚都要上补习班吧，我不敢打扰她。"

"这样啊。"

"我呢，是有件事想和你说。"

"嗯。"

翼沙立刻将视线移到桌子边缘的三角菜单台卡上。

"我想吃霜激凌起酥，能点一份吗？你着急走吗？"

"不急。待多久都没事。"

奇怪，食量不大的翼沙竟然要追加点餐，与其说是为了吃，更像是想再多说一会儿话。

下单后不久，霜激凌起酥就端上来了。圆厚的起酥面包上堆着高高的霜激凌塔，一颗小樱桃隐晦地露在边缘，显得格外小巧。

"这分量也比照片上的大太多了吧？"

"是照骗吧！"

翼沙鼓起勇气把糖浆从霜激凌上浇了下去。琥珀色的糖浆滴落在盘子上。

"总好过实物不如照片，但也不能这么乱来吧……偏偏还挺好吃的，更让人讨厌了。搞什么嘛，这家店。"

"下次不来了？"

"不，还要来。"

放在桌上的手机响起了通知提醒音。小森更新了 TikTok[1]。

"小森一大早的就这么活跃。"

翼沙的表情变得有些严肃。霜激凌从叉子插入的一小块起酥面包中流下来，掉落到盘子上。

---

[1]　抖音短视频软件国际版。

"那样很危险的。傻子才会用真名玩 TikTok 呢。暴露了长相、年龄和账号，大概就能被锁定本人身份了。万一闹到学校……打电话来投诉，有的还会打到父母工作的地方……如果被心怀恶意的人盯上，一辈子就完了。不过她那种有优越感的人可能不会明白。"

"你不喜欢小森？"

"不是，只不过……"

话没说完，翼沙默默地吞咽起霜激凌起酥。店里客人都还在用餐，服务员在过道上来来回回。门口等待入店的人丝毫没有减少的迹象。圆香想着等翼沙吃完这个就走吧。翼沙用哈密瓜汽水灌下最后一小块起酥面包，说："我再点个什么？"

"还能吃得下吗？"

"能……我还能吃。"

"反正以后还会再来，今天就先算了吧。我随时可以陪你来。"

"不，我就要现在吃。"

抢在圆香说话之前，翼沙按响了叫餐铃，接着慌慌张张地看起菜单。尽管人很多，店员还是很快就来了。

"要一份混合三明治，不，迷你三明治……不加辣。"

迷你三明治端上来了。盘子里有两块，这个分量在便利店和超市肯定是普通三明治的量。白面包虽然比这家店里的吐司薄，但和市面上卖的吐司一样厚，里面夹着切片黄瓜、火腿，还有一层比面包更厚的蛋糊。翼沙收回伸向迷你三明治的手搁在桌上，一句话也不说。她大口喝着冰水，大概是想用水把胃里的食物冲下去。玻璃杯杯壁

上的水珠一滴一滴地落下，在翼沙的胸前染上水
渍，但她还是继续灌水。

"我帮你吃一半？"

"可以吗？"

"嗯，浪费了也不好。"

只要待会儿不吃午饭就行。

"其实今天有件事我一直想说。"

"嗯。"

"圆香，你知道海野学姐吗？是我们美术部的
毕业生，不久前还来学校当过实习老师。"

圆香不自然地发出了"可能知道"几个音。

"如果你认识海野学姐，不，就算不认识也没
关系，那个……我好像看到……"

"看到什么？"

"嗯……好像是……"

"好像是？"

"也可能是我弄错了。你看，这个是我用来追星的账号，啊，你不要看我的头像……"

她支支吾吾地递过手机，屏幕上显示着一个账号资料。头像是海边一个女孩的背影。账号名是 Sea（海），后面跟着一个彩虹图案[1]。简介上写着"L/ 与伴侣的记录"，有五千人在看她的"与伴侣的记录"。

"就是这个人。"

翼沙留意着圆香的表情，点开了网页书签里收藏的 Sea 的推文。

"我不是说过去年开始又粉了新的墙头嘛，于是开了一个新的账号，然后关注到了这个号。她

---

[1] 彩虹旗的多种色彩代表着性少数群体的多元性，彩虹元素也被默认为其象征。

不会很积极地发布偶像的事，但偶尔会有一些一针见血的发言……嗯，基本上就是发这个伴侣的事，还有对社会事件的发声……总之，就是我关注了这个人。"

翼沙连珠炮似的说了一大堆，口吻却像在读演讲稿，应该是在家反复练习了好几遍。她左手不停地摸着自己的发梢，滑着手机的右手指尖在微微颤抖。

"嗯，然后呢？"圆香点开推文。

"照片你也看一下吧。"

在翼沙告诉她之前，圆香就认出了小图的照片。推文的日期是去年12月中旬，配文"每次见到喜欢的人 喜欢她的地方就会更多 即使不见面记忆也会温暖我"，并附着四张修过的照片。第一张是甜品店的复古外观；第二张是松饼和茶杯；

第三张是正在吃松饼的伴侣贴着创可贴的指尖；第四张照片拍到了伴侣下巴以下的部分，伴侣坐在拍摄者对面看着菜单，衣服几乎被菜单遮挡，但可以清楚地看到衬衫外面套着一件深蓝色毛衣。

翼沙不再看手机抬起头来，一看到圆香的脸她就语无伦次地说了起来，一定是跳过了原本设定好的剧本。

"你放心，我不是在威胁你，是忠告。照片这种东西就算遮住了正脸，发型啊，耳朵的形状啊，衣服之类的，看的人都能知道是谁，所以还是小心一点比较好。我想说的，就是这个。并不是所有账号粉丝都会站在博主这边，如果帖子不小心火了，照片流了出去，可能真的会发生不愉快的事情……虽然说，万一有什么也是那些闹事的人不对。就算海野学姐是……是那什么，也完全没问题啊！……也可能是我搞错了吧。推文内容和头像背景，我都觉得有点熟悉，但也可能不是学姐。这个伴侣也可能是我完全不认识的人。只是，我很担心。……我知道对于当事人不想公开的事情，非当事人出来揭露或窥探都是不对的。我也稍微学习了 LGBT[1] 的知识，我知道这样做是不对的。但是……如果这个伴侣不知道这个账号，万一哪天暴露了本人身份，一想到这个我就……如果你完全不知道这事，那就当我没说过吧……"

看到账号转发和点赞数时，圆香只想逃离。小森最近和男朋友开设的 TikTok 情侣账号，收到的点赞都来自小森和她男朋友的熟人。而这个账

---

[1] 从性主流角度对性少数人士的统称。L 指 Lesbian（女同性恋），G 指 Gay（男同性恋），B 指 Bisexual（双性恋），T 指 Transgender（跨性别者）。

号的点赞数远远超过了他们的。心脏仿佛被庞大的数字挤压着，让圆香难以呼吸。

"你没事吧？先喝点东西吧……"

厚实的陶瓷杯触感温润，欧蕾咖啡很苦。翼沙的手机机角已经磨损，呈现出柔和的形状，屏幕发出的蓝光却灼伤了圆香的眼睛。她不想看，她不该看的，但终究还是看到了。

那一定是小海。那家甜品店，那天吃的松饼，最重要的是映在照片里的人无疑就是圆香。圆香伸手去拿手机，翼沙立刻收回了手指。点开账号相册。并没有小海本人的照片。在那些食物和各种杂货之间，透过一层梦幻感的奶白虚化滤镜只能看到一个人，正脸经过处理被隐藏了起来，但看的人一眼就能辨认出是圆香。

"想要祝福开始和男友同居的朋友 却发现自

己高兴不起来 但我相信总有一天会看到彩虹 所以还是会用心编织每一天"

这条几分钟前发布的推文,附着一张房产中介网站的截图:勾选了"对 LGBT 友好"的选项后显示的房源为零。圆香从未听小海提起过同居的事,自己填报志愿的大学也在从家里就能通学的距离之内。

昨天深夜在转发了别人发起的签名运动之后,小海发了一条推文:"虽然有很多沮丧的日子 但为了创造一个能和喜欢的人共度一生的未来 让我们一起发声吧"。圆香并没有打算和小海共度一生。

前天晚上,推文写"我拥抱着伴侣给我的话语 进入梦乡"。圆香已经完全看不懂了,继续滑动着历史推文。

"翻看相簿时看到伴侣的睡脸 想起她平时总是紧绷的侧脸 一脸纯真睡着的样子真是太可爱了 我哭了""容易缺乏安全感是个坏习惯 我不知道如果得到了周围人的祝福 情况会不会有所不同""我要的明明很简单 仅仅是吃着相同的食物 因相同的事而欢笑 睡在同一张床上 只要这样就够了 果然还是很难吧"

小海的每一条推文都有人点赞。在网友眼中，她们深爱着对方，完整地理解彼此。他们认定推文中闪现的爱人的残影才是"伴侣"真实的模样，而这个"伴侣"在现实世界中无法挣脱束缚。在口美达咖啡店与小海以外的女孩共享早餐的圆香，根本不存在。

无论怎么翻看，都很难找到一条没有"赞"的推文。与同学们的客套话不同，恐怕这些点亮爱心的网友真心关心小海，真情实感地为小海和伴侣加油。这与为圆香加油不同，他们支持小海和伴侣，是因为二人身处彩虹之中。

圆香突然觉得口腔下颚黏着的蛋黄腐烂了。

"我没有偏见，不，不对，我一开始就错了是吧。我们今天在这里谈论的事情，如果你想当作没发生过，我会这样做的。我真的只是担心。如果我说错了什么话伤害了你，可能现在这一秒说出口的也是伤害，我想为此道歉。"

像是要填补沉默一般，翼沙继续说着。店内依然充斥着各种声响，谁也没注意到只有这张桌子上倒计时的指针急速转动着。放在两人之间的手机上的搜索记录里一定排列着"如何对待LGBT人士""朋友是女同性恋者""朋友 同性恋 关怀"等关键词。不同于她们平时的交谈，翼沙的这番话不是心血来潮，也不是自说自话。这些话语在圆香决定和小海试着交往时就曾查阅过、看到过。现在她只能毫无选择地接受翼沙抛给她的东西。

翼沙就像一台更新了操作系统的机器，安装了由专家和LGBT人士编写的如何正确对待LGBT的指导手册，却因为硬件跟不上信息处理速度而走向了热失控。"不强加，不窥探，要关怀，要尊重"的规则操纵着翼沙，血肉之躯的翼沙不复存在。没有一个词语是出自翼沙本人，只有遵循手册的程序在运转着。

没有动过的迷你三明治渐渐干瘪了。

翼沙终于用光了预备的话语。她低下头去，不停摸着发梢的左手也停止了动作。世界并没有终结。两具身体对峙着一动不动，隔着一台手机和一份迷你三明治。

"我不说了。我去下厕所哦。"

翼沙离开了座位。圆香用手肘撑住脸，肘关节抵在桌面上骨头硌得难受，又立刻换了个姿势。

拉过剩下的迷你三明治的盘子，单手抓起一小块三明治，吐司片承托不住蛋糕的重量垂了下去，夹心掉落在盘子里。用手指捏起零碎的夹心塞回吐司片里，舔了舔手指上黏着的食物，双手紧紧捏住三明治塞入口中。圆香不喜欢三明治这样的食物。不论是生的蔬菜、黏糊的鸡蛋还是苍白的吐司片，都让她困扰不已。

尽管如此，还是只能吃下去。

因为只要盘子里还有食物，这段时间便会永远持续下去。

抓起第二块三明治咬了一口，讨厌的味道缓

慢地通过食道。拿起桌上洇着一小摊水的冰水杯
一饮而尽，杯壁上的水珠顺着手滑落，沾湿了
袖子。

从厕所回来的翼沙脸色比圆香还要难看，唇
上有一股淡淡的腐臭味。

"我回来了。"

"翼沙。"

"嗯？"

"我刚才把你的那份三明治也吃掉了。"

"哦，谢谢。"

说谢谢的是翼沙。

肚子好疼，一到家就躺下了。胃里沉甸甸的，
身体里充满了不属于自己的东西，已经很久没有
这种感觉了。

"圆圆，你回来啦？"

圆香不在的时候，出门的妈妈这时候也回家了，看了看圆香的房间。

"我肚子疼，不吃午饭了。"

"你脸颊是不是都凹下去了？"

妈妈说完好像立刻就后悔了，脸皱成一团。轻易提起外貌的变化是禁忌。

"有吗？我感觉不出来。"

"不吃饭也会影响学习吧？"

"没什么影响，这次期末成绩挺好的。"

"月经也一直没来不是吗？"

"……"

"将来的事先不说，这也关系到卵巢呀子宫对吧？妈妈是担心你呀。"

妈妈好像在谨慎地选择措辞。她没有把握这

样说对不对，合不合适，女儿有没有因自己受到伤害。一旦打破禁忌开启话题，就要继续说出自己思考的、没有任何人保障的话语。妈妈用一种像是压碎在舌间的声音说道。

自从圆香的身体变成现在这样，妈妈一直偷偷地狼狈着，她情绪失控过，号啕大哭过，却费尽苦心不在圆香面前流露情绪。不责怪圆香，不谈论圆香的身材，努力阅读各种资料，按照学来的那样对待圆香。

妈妈大概也找学校老师商量过，圆香被叫去保健室时，老师圆润的话语在她的身体外侧滚动。

"你不需要瘦，本来的样子就很美。"

"月经不脏，也不羞耻。"

圆香明明只是讨厌胯下流血，无法像其他人月复一月地任由经血流淌，至于美丽还是肮脏根本无所谓。

讨厌就是讨厌。仅此而已，却无人理解。

保健室老师所说的大意是针对女性的"不良风气"即将被重新审视，你不用在意他人的目光，自由自在地生活就好。把问题怪到了毫不相干的社会上，圆香凭借自己的意志所做的事，在大人的心目中却变成被社会风气压抑的结果。

瘦身只是停经的手段而非目的，圆香却被视作患有厌食症的女孩，被赋予了厌食症女孩专用的话语。

除了身体特征和饮食习惯之外，她与厌食症人群几乎没有共通点，也不符合世人的刻板印象，然而他们对待圆香的态度都是适用厌食症人群的应对方法。

翼沙也是这样。她们之前明明只是朋友，像

所有普通朋友那样，会自作主张也会多管闲事，彼此靠近、产生隔阂、彼此抛弃，重复这些过程测量着彼此之间的距离，维系着时近时远的关系。可现在，明明只是渴望无可替代的他者而试着和小海交往，却被划分为 LGBT 人士，成为一个想和同性发展恋爱关系的人。

保健室里老师身后墙壁上贴着的"人权周"宣传海报[1]，被晒得褪了色泛着红光。要承认多样性，大家互助互爱。地球上等间距排列的小人们手拉手围成一个完美的圆。他们在固定的位置上牵着手，一步也不能动。

---

[1] 为纪念 1948 年 12 月 10 日联合国大会通过《世界人权宣言》，1949 年日本法务省与全国人权拥护委员联合会将 12 月 4 日至 12 月 10 日的一周设立为"人权周"。从那以后，日本政府每年都会以中小学生为对象，募集以"人权"为主题的海报和标语，以鼓励孩子们思考何为人权。应征海报多会在学校等各种场合中展出。

　　圆香也成了小人中的一个，一旦踏出一步就会破坏圆的形状，所以绝不能脱离这个群体。有人温柔地握住了她的手，为了不让他们失望，圆香只能无言地笑着停驻于此。

　　明明她不适用于任何标签。

　　她并非任何人。

　　"我在口美达吃了很多，肚子真的很痛。我要睡觉了。"

　　听到妈妈猛地屏住呼吸的声音，在被子摩擦的声响中圆香假装没听见。

　　冰凉的被子吸收了圆香的体温，渐渐暖和起来。

　　只是渴望有一个无可替代的他者陪在身边，将圆香只当作圆香来看待，给予她只对她诉说的话语。对于这样的他者，圆香也会同样地珍惜爱护，甜蜜地至死相伴。

这样的人或许哪里都不存在。

圆香决定找小海谈一谈，有不得不说的话要说，即便破坏完美的圆也必须说出来。

圆香将翼沙的担忧告诉了小海，没有透露细节和翼沙的名字，并要求小海删除带照片的推文。小海很快就回复了。

"知道了"

简洁的回答让圆香松了一口气，谁知对方话还没说完。

"我会删掉的 以后就可以光明正大地对你那个朋友秀恩爱了"

圆香第一次对小海产生了恐惧。

她意识到就算删了照片，只要继续交往，在

自己不知道的地方，将一直被当作"伴侣"而成
为谈资，得不到任何人的纠正，仿佛那就是圆香
真实的样子。

她坐起身来，盖在头上的被子从肩上滑落，
汗毛全都竖了起来。大拇指以前所未有的速度移
动着。

"我想分手"

消息立刻显示已读。

"为什么？对不起　如果我说了奇怪的话　我
道歉"

"请和我分手　还有照片"

因为着急，字还没打完就发送了出去。

"请立刻删掉我的照片　拍到了我的　在推特上
发过的所有照片　全部"

消息显示已读未回。两人越过液晶屏幕对峙

着。沉默将屏幕凝固。

"这个社会确实很难"

对面突然跳出一句意义不明的话，圆香不知该如何组织语言，只能任由接连不断的话语投掷过来。屏幕上的对话框气泡持续滚动着。

"但只要我们不断证明 我们在这里 女人和女人正在交往 世界或许就会有所改变"

圆香成了一个屈服于社会压力而想和小海分手的人。是小海决定视而不见。因为将分手的原因推卸给别人，自己就不会受到伤害。

"也有粉丝晒出了与伴侣的合影 我们需要用这种方式与同伴建立联结感 我们必须发声 有人会因为看到我们而受到鼓舞"

小海发来一张截图。圆香点开一看，是匿名投稿。"Sea，很抱歉突然给你发消息。我是一名中学生。不是名人，是像 Sea 和伴侣这样的普通人的故事，给了我很大的勇气。""你和伴侣的故事总是能治愈我。你们的关系让我向往！""我也有同性伴侣。看 Sea 的推特，我哭了。"圆香的目光滑过粉红色对话框里圆圆的文字。

如果小海只是为了炫耀恋人而把照片发到网上，如果她真这么解释，情况还不至于太糟。但现在她口中"同伴"的轮廓已经和她自己的轮廓交融，延展出粗重的线条。圆香感到眼角一阵撕裂般的疼痛。

她不懂"同伴"是怎样一群人。四处徘徊寻找盟友的人？想交朋友的人？想交换信息的人？还是对这个社会有话要说的人？或许"同伴"里的每个人都或多或少地有这些心理。想要支持这些人的人也在"同伴"之列。圆香不懂他们在想什么，也不懂他们正在经历怎样的痛苦。

　　但是他们创造出了"少数"与"派别"，以"少数派"的身份而活，即使在现实世界中没有支持者，也彼此达成了盟约，与某人产生了羁绊，在圆香看来这就足够了。小海有许多同伴，他们为她的喜悦而祝福，为她的悲伤而悲伤，为她的愤怒而愤怒。有人在对小海诉说只属于她的话语。

　　而圆香呢？

　　"也许会很痛苦　但我们两个人一起努力吧　恋人就是要同甘共苦"

　　塞满胃部的三明治重量消失了，溶解过后失去形状的物体进入血管，催动着身体内的器官，大脑感受到刺痛。话语。拉拽出话语。伤害小海的话语。不被任何人赞美，不被认可，不被鼓励的话语。只为让小海退却的，有力的话语。

"你不和我分手 我就告诉学校"

不断流动的对话框气泡停住了，是圆香停下的，已读的那条消息一动不动地停在那里，暴露着小海的狼狈。

手机进入休眠状态锁屏的那一刻，消息弹窗浮现在黑暗中。

"你冷静一点 你也会失去保送名额的"

解锁屏幕。

"那我就参加普通考试 不过海野老师可能拿不到教师执照了"

电话打来了。拒接。

"在电车上 接不了电话"

掀掉腿上盖着的被子，汗毛上渗出了汗水。

"至少我们当面谈谈吧 这么重要的事 不应该你单方面发几句消息就结束了 一般不会这样的"

话语汇成浊流。

"我想见你""有些事要见面聊才明白""今天太混乱了等你冷静下来改天我们再见面谈""不见面怎么能做到真正意义上的沟通呢？""这是最起码的尊重吧""你还是个高中生可能不太明白 这些细节就能看出一个人的为人 你最好注意一点"

气泡不断流动着。圆香周身已找不到能传递给小海的话语。

拉黑的功能对失去言语的人来说很友好。

两天后的早上，翼沙发来一张截图，是 Sea 的推文。

"我的伴侣好像暴露了 所以我会把账号锁起来 并且删除之前所有的照片 对给我发来善意话语的粉丝们 我很抱歉 这或许会成为我们分手的

原因　好希望有一个世界　能让相爱之人手牵手行
走在阳光下"

　　圆香从心底庆幸小海把账号设成了非公开。
否则，她现在就要到处向所有对这条推文报以同
情的账号介绍自己。

　　如果那些人就在眼前，圆香会抓住他们的肩
膀猛烈摇晃。社交网络上大家都只展现自己想展
现的样子，只写能写的东西，尽管那并不是小海
和圆香的全部。

　　打开推特。小海的账号锁得严严实实，其他
人被拒之门外。

　　"真的很抱歉。"翼沙发来一条消息。圆香回
了一句"跟你没有关系，不用在意"。恐怕翼沙还
是会在意吧。但是在学校里她会假装无事，会像
往常一样对待圆香。因为这是人们鼓励的正确的

做法。

　　午休时间刚过半，圆香的桌子上就堆满了巧克力。学校禁止带糖果，只有情人节这天是默许的，但学生们只能在午休开始后三十分钟之内送出巧克力，并且禁止在校内食用。如果在其他时间被老师看到，原则上要被没收。这一天大多数老师会睁一只眼闭一只眼，学生基本也会在规定时间内分发完巧克力。

　　翼沙坐在圆香前排同学的椅子上，尾城从斜前方自己座位上搬来了椅子，三人围着圆香的课桌整理着她收到的巧克力。属于商店成品的放进红色纸袋，手工制作的放进蓝色纸袋。这些礼物在收到时就能判断是哪一类的，圆香会当场分好，但有的也会混在一起一股脑塞进一个袋子里。这时三人把那一包里的巧克力拆掉包装进行分拣，像分类塑料瓶和瓶盖一样。这让人有点心痛，但又无可奈何。

高二的女孩子们大多会买市面上出售的大容量混合包装的巧克力，或者把融化后装进铝箔容器重新塑形的简易巧克力放在保鲜盒里带到学校送人。天真烂漫的初中低年级女孩则会亲手做巧克力甜点，包装也十分讲究。在学校很出名的圆香，课间休息时总会有学妹来教室亲手递给她巧克力。午休开始后，圆香也会把准备好的独立包装的巧克力回赠给接连不断出现的女孩。抱着装满巧克力的保鲜盒游走的同班女孩，经过圆香的课桌看到那塞满巧克力快要爆开的纸袋，轻飘飘地说了句"松井殿下，这些……你不吃啊"就走了。幸好今年情人节不用去其他教室上课，否则圆香在走廊上走几步就会被人叫住，实在麻烦。

这一整天，圆香化身为一种模拟恋爱的舞台装置。每年都是如此。女孩们陆续出现在圆香面前，有的女孩脸蛋红扑扑的，在朋友的陪伴下递来巧克力。但那不是恋爱的情感，说它类似于翼沙对偶像的感情似乎有点厚颜无耻，但确实有相似之处。有一次，圆香在鞋柜里发现了一块包装精美的巧克力，附有一张卡片写着："我真的很喜欢你。"对方没有留下姓名，所以圆香也没做出任何回应，之后再没收到这个女孩其他的信件，圆香理解为那是女孩鼓起勇气对她自身感情的整理。可是圆香不喜欢放鞋子的地方被人放入食物，从此便在乐福鞋上贴了一张便笺写着："有事的人请直接找我。"

圆香从未被人当面告白过，除了小海。

"真的谢谢你们。作为回报，我带了这个……"

分拣完毕后，圆香从背包里拿出昨晚做的巧克力蛋糕。翼沙把无纺布口罩拉到下巴上。

"不方便带回家，我现在吃掉哦。谢谢。"

"我还有纸袋，给你装起来吧？"

"不是的。因为新冠，我妈特别紧张，叫我不要带别人做的食物回家。还说什么中午也要一个人默默地吃饭。你说她是不是反应过度了？只有老人才要当心吧。现在口罩也被倒卖了，烦死了，我还有花粉症。"

同样正从背包里拿出保鲜盒的尾城出声道："不是吧？翼沙，这个你也现在吃完吗？我本来想让你连盒子一起带回家的。前天分手了，我把原本要给男朋友的食材都加给你们了。"

"震惊！就分了？"

尾城打开带来的保鲜盒，事不关己地说了分手的经过。翼沙似乎知道尾城男朋友的绰号，在此之前却没有人告诉过圆香。圆香尽量不发出声响地把多余的纸袋收进书包里。

"那个 Line[1] 发消息总是感叹号结尾的，是前前男友，早分了。"

"我对男人脸盲，分不清。又是你甩的人家？"

"是我被甩了。"

"难得啊！为什么？"

翼沙撕开巧克力蛋糕的包装，用手捏着吃了起来。

"早上我在吃巧克力味的玉米片，看到地上掉了一片，就想捡起来吃掉。放进嘴里之前，觉得

---

[1] 在日本最常用的即时通信软件。

哪里不对劲，仔细一看，是我家兔子的便便。"

翼沙发出惨叫般的笑声，向后仰去。手里的巧克力蛋糕凹陷下去，糖粉在蓝色毛衣上降下初雪。

"那可是便便啊？是人都会笑的吧。我当成笑话讲给男朋友听，谁知道会惹到他，他很生气，让我'不要讲这种话'。"

"就因为这个跟你分手？"

"是呀，混蛋，太过分了。"

尾城继续说道。

"便便我能笑一辈子。真不懂有什么好气的。那家伙上小学的时候绝对也笑过便便，还不承认呢。便便永远搞笑好吗！"

"确实。"翼沙还在笑，手上吃蛋糕的动作也没停下。

"便便超好笑的。说起来，给他看我家兔子蛋蛋的照片，他也生气了。'便便'呀'蛋蛋'呀什么的，名字就很好笑，太占便宜了吧？'私处'就没什么意思。'胸部'也很微妙。刚才体育课换衣服的时候，小山模仿的'胸部怪人'，我看着很有趣，但有些女生却不以为然。男人啊，全身上下连乳头都那么有趣，真好。我们也想全身上下都变有趣。"

"求巫女赐你神之乳头不就好了。"

"那样没意义啊。必须是全体女性全身有趣。"

"人体的初期设定已经很有趣了，更有趣不是很难吗？只有一些部位体毛浓密，从客观来看就已经够怪了。"

听到翼沙的话，圆香不由得大声附和。

"我懂。有趣的。这叫'滑稽'吗？"

"对对，滑稽。"

"这么说来，时代已经追赶不上小山的有趣了。不管怎样，因为大便我分手了。"

听到尾城的宣言，翼沙又咧嘴笑了，舌头上的巧克力蛋糕残渣一览无余。圆香笑了，尾城也露出轻浮的笑容。

"也是，那家伙考心仪的大学只考了个 E，我却在那里笑便便，不骂我骂谁。"

"你去当 YouTube 网红分享便便学习法。"

"然后立马被封号。"

教室里无人指责她们三人的对话，同学们在没有对齐的课桌间来来往往，想去哪儿就去哪儿，想说什么就说什么。圆香口中也滚落出原本无意说的话。

"其实我上个月也分手了。"

尾城和翼沙都睁大了眼睛，想必两人在想着截然不同的事。翼沙小心翼翼地折叠起吃完的巧克力蛋糕的包装纸，视线转向圆香。尾城看了看四周，压低了声音。

"能问理由吗？"

"方向不同，所以解散了。"

尾城动作夸张地把保鲜盒递了过来。

"这是正宗无糖生巧。口感几乎和豆腐一样。"

"谢谢。我带回家吃。"

翼沙也从背包里掏出一个小礼盒。

"我也带了。这是……就是小小一个特别好吃的那种。"

圆香恭恭敬敬地接过对方献上的东西，相互触碰的手指产生静电爆开的声响。尾城插话道："看着都疼。不过，翼沙你不知道是什么就买了呀？"

"我最讨厌记英文了。真后悔选了世界史，第五节课太累了。好疼啊。"

翼沙摸了摸手指，第五节课的预备铃刚好响起。

"我们组一个新乐队吧？"

"叫什么名字？不要英文的。"

"取一个跟便便有关的。"

"会被封号的！"

尾城把圆香和翼沙给她的巧克力点心硬塞进书包，学习资料和纸巾发出被挤压的声响。翼沙提醒了她一句"千万别忘了拿出来吃"，然后从储物柜里翻出自学的韩语试题集。安住老师的课上管得不严，能轻松地做点别的事。

讲台那边传来小森的声音："安住，给你巧克力。"圆香这才注意到不知什么时候安住老师已经进来了。篮球部的女孩们也随意地把巧克力放在讲台上，说着"我这里多出来的也给你""要珍惜哦"，然后就径自去了日本史教室。"喂，已经不是分发巧克力的时间了。"安住老师说着接过了小森的。下一瞬间——

"安住你结婚了吗？！"

小森的惊呼传遍整间教室，一直传到了走廊尽头。篮球队的女孩们尖叫着跑回来。"还不快点过去！"被安住老师大喝一声，她们又一哄而散了。离第五节课正式铃响还剩不到一分钟，安住老师下意识地把左手藏在背后，这样虽然小森看不见了，但倒像是在圆香和其他同学面前亮出证据。

激动的小森连连发问。归纳起来就是，女方是安住老师带的第一届的学生。毕业那天，安住老师拒绝了她的告白，但在她成人仪式后的校内师生会上，两人互诉衷肠，之后克服千难万险，等女方有了工作稳定下来之后才终于结了婚。安住老师看似一脸不情愿，答得倒很仔细。圆香觉得成年男性谈论自己的感情生活很稀奇。爸爸在公司也会跟年轻下属讲他和妈妈的爱情故事吗？圆香实在无法想象。

正式上课铃响了，小森一脸不满地坐回了座位。

第五节课刚结束，趁着篮球部女孩们还没冲回教室，安住老师从一场火力全开的记者招待会中全身而退。下课五分钟前，他开始了突击小测验，在学生解题时就擦掉黑板整装待发，刚说完"下课"人就一溜烟跑了。这是从未见过的举动。

奔回来的篮球部女孩们体力不支，低头弯腰跪倒在地，听着小森的说明。

"年上男友真好呀。"

"和安住交往不会有点勉强吗？他是大叔呀。"

"交往的时候还不是大叔吧。怎么说来着？"

"说是二十四岁的时候认识的。"

"二十四岁还行吧。网球部女生好像和我们大学的人一起吃过饭，说是二十二岁之前努努力都还行。"

"二十四岁不行吧？"

"四舍五入都差不多，行的行的。"

说什么读女校的女生都放弃了当女人，全是谎话，谁也没有脱离性。

女孩们平时都说"我们内心就是个大叔"，但文化祭上如果有人邀请男生来，她们一定会紧张又兴奋。对待圆香这样个子高高、身材扁平、没有女人味的女生,她们就像对待共享男友一样,并且对这类话题总是激动不已。

"原来安住老师喜欢萝莉啊。"

翼沙脱口而出,原本无意让任何人听到,却恰好,真的是恰好,在其他声音停止的一瞬间响彻班上每个角落。在教室前方与篮球部聊得起劲的小森,嘴角都扭曲了。

"坂下,你这么说有点……这不叫喜欢萝莉吧,安住……忘记了,多大来着?"

"他自己说了是二十四,"有女孩出来救场,"他二十四,女生十六,再说现在两人都是成年人了。"

"明星不是有好多都差了十多岁吗?"有人附

和道。

成为篮球部视线焦点的翼沙迅速回答道："比我们小八岁的，可还是小学生哦。我们班上如果有人跟小学生交往，大家都会觉得不太行吧。"

班级陷入狂乱之中，每个人都拍手大笑，笑声中混杂着近乎尖叫的声音："天哪！""好恶心！"远远围观的女孩也浮现出轻薄的笑容。看着大家兴奋的样子，翼沙似乎感到愉悦，继续说着煽动情绪的话。

"说不定安住老师也用色色的眼光看过我们呢。"

哇——不知是谁发出了欢呼声。她们在欢闹，既像在嘲笑翼沙自我意识过剩，又像在开心自己是男性性需求的对象。

一声刺耳的声响，教室门被推开了。

安住老师站在那里。

教室一瞬间安静下来。

并没有什么记者招待会，安住老师只是平静
地笑着说："忘拿东西了。"

"安住老师好粗心呢。"

平时从不叫"老师"的小森开起了玩笑。安
住老师踏上讲台，脚下的木板吱呀作响。

"刚才你们给的巧克力，我放在课桌下面忘拿
了。不好意思啊。"

"好过分。"声音柔柔的，小心翼翼的，像是
怕刺伤安住老师。

教室里每个人都尽量避免发出尖锐的声响，
大家压低视线做着自己的事。上完日本史课的女
孩们陆陆续续回来，走进教室后都察觉到异样的
气氛，纷纷自动消声。大家的举动奇怪而不自然，
似乎只有这里的重力不同。翼沙也学着其他人仔

细地整理课桌，把韩语试题集夹在世界史课本和笔记本之间。

"坂下，你总是在上课的时候看无关的参考书吧？"

所有声音都消失时，寂静本身应该不会发出任何声响，圆香却听见了像是在无风的地方点燃火的声音。

"是……是的。"

"虽然你是内部升学，但你这种态度，做人不该这样吧？你觉得呢？"

"我知道错了。对不起。"

"我不是想听你道歉，是问你怎么想的。说说看？"

"做人不应该这样。"

"对吧。不管学习多好，人品才是最重要的。"

安住老师喋喋不休地说着如果翼沙再这样下去，恐怕很难进入心仪的院系，听取不了别人意见的人成不了优秀的大人。"我这么说都是为了你好。"他重复了好几遍这句话。

圆香只能看见翼沙圆圆的后脑勺。眼角的余光瞥见一个坐在离翼沙很远位置上的女孩，她也摊开着一本与世界史无关的试题集，这时赶紧小心翼翼地收进书桌。尽管翼沙被教训的原因并不是因为韩语试题集。

安住老师回到教室后，时钟的长针只移动了相邻两个位置，但圆香却感觉过去了更长的时间。教室里每个人都在小声地呼吸着，有女生在走廊上就察觉到危险没有进教室，远远地注视着这边。

"就因为你学习一个没有常识的国家的语言，才会变得如此没有常识，不是吗？"

转瞬之间，教室里的气味变了，不再是人工的无臭无味的空间。女孩们嘴里呼出的浓郁香甜的巧克力味道在地板上爬行。如果气味有形状的话，它们正蜿蜒穿过桌椅朝着安住老师聚集而去。只有旧讲台上的安住老师，对下面发生的一切一无所知。

渐渐地，翼沙脸部中心传出"嘶、嘶"的抽吸液体的声音，节奏越来越快。她低着头，几乎和桌面平行，浓密的发丝间不断发出"嘶、嘶、嘶"的声音。女孩们的颈部散发出同情的气味。安住老师似乎终于发现了，丢下一句"如果你是觉得自己错了在这里哭，不如从一开始就不要犯错"后就离开了。

教室里慢慢地重新有了声音。圆香与尾城几乎同时小步走到翼沙的座位前。翼沙还是低着头。

一直站在讲台旁的小森也走了过来，大声说道："那算什么呀！"

在尾城接话前，小森又继续道："安住那家伙太奇怪了。莫名其妙。"

篮球队女孩们也走了过来，说着"好恶心啊""坂下，你不用在意""没事没事"，然后和小森肩并肩打打闹闹地去了走廊。

随后，教室里有人进进出出，弥漫的巧克力味也逐渐和其他味道混合，一切都恢复了正常。同学们有的在准备上第六节课，有的装作去好友座位那儿顺便过来向翼沙小声地打招呼，有的把多出来的巧克力放在她桌上。翼沙没有理睬任何人，只是用双手捂着脸。头发还是那么浓密，几乎看不见脸。第六节数学课马上要开始了，约瑟夫老师要来了。

尾城一脸担忧，或许是想故意搞笑缓和气氛吧，她说了句"你好"，然后用手背把翼沙的头发像门帘一样翻起来，紧接着就"哇"的一声叫了出来。

"好多血！"

翼沙用手心接住的不是眼泪，而是鼻血。从鼻子下面到下巴，口罩染成了红色。口罩没能吸收的血流进翼沙双手掬起的池塘里，无法兜住的血从指缝间流下染红了毛衣的袖口。尾城慌慌张张地为翼沙卷起袖子，翼沙因花粉过敏在桌上常备了纸巾盒，尾城从里面抽出好几张，擦拭着滴落到衣袖上的血迹。也许是嘴里也积满了鼻血，翼沙似乎说不出话来。尾城帮她摘下口罩，用纸巾接住流下来的血。圆香帮忙把课桌上摊着的课本和其他东西移走，再用手抓起翼沙的头发，以免沾到血。远远围观的女孩们无法再装出无动于衷的样子，纷纷喊道："厕所厕所，去厕所。""不行，移动的话会有危险吧？""先用纸巾堵住鼻子，快点。""诶，这是可以笑的吗？"

"在吵什么？"

"鼻血！坂下流鼻血了！"

约瑟夫老师在正式上课铃响起时走进了教室，看到翼沙用纸巾堵住鼻孔的血淋淋的脸，他微微睁大了眼睛，又看到桌上散落的沾满血迹的纸巾，说道："带了湿巾的同学借她一下。都没有的话，坂下去保健室拿一点，哪位同学陪她一起去。"

由于防止新冠感染措施的实施，商店里的湿纸巾已经消失了一段时间，这是非常珍贵的物资。即便如此，还是有三个同学同时把湿纸巾扔到了翼沙的桌子上。翼沙先从第一个同学扔过来的湿巾袋里抽出一张，擦了擦左手，用第二个同学的擦了擦右手，最后用第三个同学的擦了擦脸。约瑟夫老师推迟了五分钟上课，其间同学们做着上课的准备，翼沙去了卫生间漱口刷牙。

回到教室的翼沙像无事发生一样，脸上既没有泪痕，也没了血迹。在座位上坐了一会儿后，她小心翼翼地拿下塞在鼻孔里的纸巾，趁着约瑟夫老师面朝黑板没看她们的时候，快步把纸巾扔进了垃圾桶。翼沙在走过圆香的座位时轻轻地道了声谢。

"怎么流鼻血也不说啊？"

"一开始我以为是鼻涕，但有一股铁锈味，马上就知道不是了。可我又很不甘心。难道要问'可以用纸巾塞住鼻孔吗'？我不想被发现，于是低着头，结果鼻血流得更多了。大家都在同情我，我更不好意思说了。都高二了还流鼻血，太尴尬了。"

袖子被染成褐色的毛衣和被牵连的衬衫都已经用自来水洗过，晾在窗边。血迹不用水洗就处理不掉，翼沙从运动衫袖子里露出来的手冻得通红。她一边挥舞着圆香递给她的暖宝宝一边解释，听得尾城目瞪口呆。

"你在说些什么呀？"

"我刚才脑子都是蒙的，一个人怔在那里。毛衣呀本子呀，还有其他的，总之谢谢你们，救了我。"

下课后约瑟夫老师早早就离开了教室。周五的第六节课结束后也不需要擦黑板，所以他在安排好值日后就消失了。

"我也稍微反省了一下，但和学韩语没有关系吧？有必要骂得那么难听吗？真是的。所以我才不想让人注意到我在流鼻血。"

翼沙从纸巾盒里抽出一张，擦了擦鼻子。纸巾上没有血迹。

"新冠什么的无所谓，但没有口罩，这花粉症可真难受。"

她又抽出一张纸巾，更用力地擦了擦。

"上面写着太用力的话容易出鼻血哦。"

小森把手机屏幕伸给翼沙看，翼沙说了句谢谢。

早上，看到床单上红褐色的抽象画时，圆香恨不得像流行动漫里的鬼一样在阳光下消失。就在这时，一群孩子唱着动漫片头曲从外面跑过。

几天前，学校突然停课，所有休闲场所也都暂时关闭了，人们无处可去。那些孩子一定会被邻居报警，有关部门会接到投诉，然后孩子们会被家长训斥，一段时间内再也听不到他们的声音。

站起身后因贫血感到一阵晕眩，圆香强撑着从衣柜里抽出干净的内裤走向洗手台。下面的柜子，应该在最右边。抓到的是量少时的日用款卫生巾，另一种是量多时的夜用款，没剩几片了。几年前的初潮三天就结束了。妈妈买的卫生内裤只用过一次，圆香长高后就以尺寸不合身为由扔掉了。

圆香坐在马桶上，把弄脏的睡衣连同内裤一起脱下。胯下挂着黏稠的血丝，垂落到马桶中的水面上。这样的丝线就算是犍陀多[1]也不会想要抓住。把卫生巾粘在成套出售的没有任何装饰的内裤裤裆上。在此期间，尿液和血液的混合物滴落到水中。

事到如今为什么又来了？圆香以为这辈子都不用再见到了。是因为上个月吃的巧克力吗？情人节圆香收到的巧克力总数成了学生们的话题之一。有的同学觉得有趣，为了打破校内吉尼斯纪录，连话都没和圆香说过的女孩也给她送了巧克力。尽管有的女孩因为不好意思而没有给她，今年收到的巧克力数量还是超过了去年。对于总数

---

[1] 芥川龙之介短篇小说《蜘蛛之丝》的主人公。身在地狱之底的血池的罪人犍陀多，发现天空垂落下来的一根蜘蛛丝，欣喜若狂抓紧蜘蛛丝向上爬。当他看到无数罪人也在沿着蜘蛛丝向上爬时，他大吼道："罪人们！这蜘蛛丝是我的！谁准许你们上来的？！下去！下去！"就在这时蜘蛛丝突然断掉，犍陀多再次坠入血池。佛祖释迦牟尼静静伫立在极乐世界的莲池边，将这一切尽收眼底。

圆香并不关心，但有同学计算后主动告诉了她。她本以为已经控制了其他食物的摄入量，看来自己还是太天真了。

是的，床单，得去洗床单了。圆香不想被妈妈发现。宁愿用仅有的一点零用钱去买新的，把脏床单藏起来都好过被人发现。内裤和睡衣可以等爸爸妈妈睡着后，在浴室洗干净晾在房间里。虽然现在是春天，但一想到要把手浸泡在冷水里就觉得郁闷。幸好奶奶给了很多暖宝宝。

回到房间，拉开床单检查床垫，床垫没事。不过就算要买新床单，家居用品店也几乎都结束营业了。不，Nitori[1] 好像是开着的，营业时间可能变了。

---

[1]　日本一家大型家居用品连锁店。

坐在床垫上，手机还插在餐具架的充电器上，圆香伸手去拿手机，发现它在不停地闪烁。频繁的通知很烦人，几天前几乎关掉了大部分应用程序的通知，应该是有人打过电话或发来了 Line 消息。点亮屏幕。

锁屏上排列着绿色的消息弹窗，是尾城。

"乡下的外公感染了新冠 住院了 不知道会怎么样"

"住在一起的外婆可能也有危险 虽然检查结果还没出来"

"你们两个暂时还是不要去见家里的老人比较好"

"我真是小看这次新冠了 现在好后悔"

就在要点开消息之前，圆香曲起了指尖。直接关掉弹窗，这样就不会显示已读。消息是凌晨五点发来的。这个时候尾城应该已经在最早一班的新干线上了吧，不对，因为不能出门所以可能在家里和父母紧紧地靠在一起。圆香什么都不知道，也不知道该问什么。

必须说出正确的话语，为了尾城的话语。对尾城来说自己是很重要的朋友，所以她才会倾诉这些。不能说一些对任何人都能说的话。必须要有实质内容。尾城应该不想成为"有家人卧病在床的人"。因此，必须找到出自圆香自身的，只为了尾城的话语。

圆香调整了一下坐姿，感觉血块在卫生巾和肌肤之间被压扁拉长。打开手机备忘录，试着输入能想到的话。

"没事吧？"怎么可能没事。

"很难受吧。"那不是当然的嘛。

"加油。"要加油的是医护人员和尾城的外公。

"一定会好起来的。"毫无根据的鼓励不是安慰。

"祈祷平安。"祈祷了就能安心的只有圆香自己。

都是在哪里听过的固定话语。全都是针对"有家人卧病在床的人"说的话，没有一句独属于尾城。每当圆香在屏幕上输入一句话，她都会在自我审查之后立刻删除。

浮现又消失的固定话语，虽然不会使状况变坏，但似乎也不会让它变好。就像用"早上好"回应"早上好"一样，固定的话语是保守的，引发不了任何革命。无法改变现状，明明必须改变它。

大拇指无法动弹。

害怕自己的话语动摇他人的心，想要有什么能为自己的话语负责，渴望借用别人认可的话语。只要说出大家都说过的话，圆香与尾城的关系就能安全地维持下去，这一点毫无疑问。

圆香想搜索一下"朋友　家人　新冠　话语"，却还是把手机扔了出去。被手机壳盖住的液晶屏幕没有破裂，完好无损。

黑掉的屏幕上弹出翼沙发来的消息。

有了，跟翼沙私聊讨论一下好了。在两个人商量好的时机，说出适合的鼓励尾城的话语。圆香抓起手机。

翼沙在三人群里发了好长一段消息。

"我本来想回些'没事吧''虽然很难受但要加油''一定会好起来的'之类的话　但毫无意义所以我放弃了　就让你的消息显示为已读吧　但尾

城 你有什么想说的 尽管发到群里"

圆香读完信息，才意识到自己打开了聊天界面。翼沙的信息显示两人已读。尾城也在看。

点击"输入信息"，出现了键盘，却无法移动手指。

明明消息显示为已读。

点击微笑图标，屏幕下半部展开了所有表情。就在要点击"嗯嗯"的点头小仓鼠表情之前，圆香换成了三只围着矮桌默默喝茶的小动物的表情发送了出去。太没用了。

过了一会儿，一大块绿色信息占满了屏幕。

"我现在什么都不知道 我爸妈不像其他人的爸妈那样能赚很多钱 所以现在的学费 补习学校的钱 还有接下去上大学的钱 本来都是外公要给我出的 如果外公死了 我可能就上不了大学了

为了保底也考虑过念私立大学 不过肯定也不行了 我妈年轻的时候外公没让她念大学她一直怨恨 所以我感觉我妈其实不乐意外公出钱给我上大学 但我想继续读书 我爸就是空气 外公死了就真的没人管我了 我不知道怎么办才好 外公可能会死我却只考虑自己的事 太差劲了 但我什么都不知道我遇到麻烦了 我不知道该怎么办"

谁也没有回消息。

只有已读的讯号传达给了尾城。

话语无处可去，只是存在于那里。

外面没有风，很暖和。冬季的毛呢牛角扣大衣很热，到 Nitori 的时候口罩里出了一层薄汗。大腿之间也闷得难受。圆香把脱下的外套叠好夹在腋下。

店里挤满了为新生活添置新物和无处可去的人们。他们完全不会想到自己或身边的人会感染新冠，有的独自一人在仔细挑选商品，有的在和同伴商量。

即便看了尾城袒露心声的消息，圆香还是优先考虑来买床单。对圆香来说，这比死更迫切。

在床上用品卖场陈列的素色床单中，她寻找着与弄脏的床单相似的商品。不是象牙白，是米白色。布料要更光滑才对。圆香用手摸着样品一一确认。

蹲下来的时候，一个大的血块流了出来。从早上开始，就感觉腰部内侧一直套着一个装满水的救生圈，救生圈下侧的接缝处好像撕裂了，里面的东西流了出来。虽然已经出来了，但救生圈里的东西还在，一直很沉重。

和弄脏的床单最相似的商品，货架上没有单人尺寸的了。

圆香想问一下仓库里还有没有库存，叫住了正好路过的店员，"请问……"刚出声立刻就后悔了。

"您有什么需要吗？"

扎起了黑色长发的小海像是按下了自动播放键一样说道。

"我在找这个床单的单人款，仓库里还有吗？"

"架子上没有的话就没有了。可以为您从其他店铺调货过来。"

是什么时候换了打工的地方呢？交往的时候听说她在大学附近的餐饮店打工。小海的黑色眼瞳让圆香想起了 Pepper[1] 机器人。

---

[1] 诞生于 2014 年 6 月 5 日，身高 121 厘米的人形智能机器人。拥有拟人化的设计与肢体语言，能够与人交流。由日本软银集团和法国阿尔德巴兰机器人公司共同研发。

"不，不用了，谢谢。"

圆香再也看不下去便要转身离开。

"等等。"

声音从后面追了上来。圆香头也不回地想加快脚步，可胯下的卫生巾非常不舒服，血块又流了出来，无法顺利移动脚步。

"等等我，等一下，喂。"

其他顾客不知道发生了什么，纷纷看过来又马上移开视线。一股不合季节的桂花香味飘了过来。

背包被人从后面用力一拽，圆香向后仰去。

"裤子上有血。"

小海小声地告诉她，圆香一时间说不出话来。

"先把外套穿上吧。应该能遮住。"

圆香跟着小海，背对着货架作遮挡，在羞耻、困惑和恐惧中拼命把胳膊穿过外套的袖子。

"去洗手间吧。我有卫生巾。"

"外套能遮住的话，就可以了。"

"你是坐电车来的吧？这个样子再坐回家肯定不行。好了，跟我来吧。"

圆香又跟着小海进了洗手间，小海从自己的腰包里拿出卫生巾递给她。

"这是量多的日用款。你一直量很多吗？有没有去妇科看看？"

圆香只能默默地摇头。面对一言不发的圆香，小海叹了口气走出洗手间。

关上隔间的门，圆香慢慢脱下裤子和内裤。血从卫生巾边缘漏了出来，圆香用卫生纸尽可能地擦了擦。

经血是钝重的。和伤口流出的尖利的血不同，有一种愚钝的味道。血块与秋刀鱼的内脏相似，因为是死去内脏的一部分，这也很自然。体内的东西一旦来到身体之外，就再也不想放回去了。

圆香发现翼沙在隐瞒流鼻血时，不懂她为什么要做这么可笑的掩饰，但现在好像明白了。明明不会死却在流血，太丢脸了。因此而被人温柔对待，那就更丢脸了。

要是能像擤鼻涕那样，用力把所有的血都流出来就好了。

无地自容与庆幸获救的心情，变成两股同等水位的水流，憋不住地从左右两只眼中溢了出来。悲惨加速，真希望就这样连同厕所的隔间一起陷落，埋到地下深处。现实里圆香却只能让血落到水面。

撕开朴素的深褐色塑料包装上的胶带，扯开

里面的东西。把贴在内裤上的脏了的卫生巾撕下卷好，再包进塑料包装里，扔进卫生巾专用垃圾桶中。将新的纯白的卫生巾贴在沾有血迹的内裤上。这期间也一直感觉到血从胯下流出来。

走出隔间，看到小海，圆香退后了几步。

"这是止痛药，药效不强，你可以吃。去那边的自动售货机买瓶水喝下去吧。"

"我哪儿都不痛……"

"是吗，那你带着吧。"

小海一把抓过圆香的手，把银色锡箔纸板的药片塞到她手里。小海的指尖温热而潮湿。很恶心。

"你对我好也没用，我不会跟你复合的。"

"啊？"

"就是说，我不会再被你纠缠。"

"呃……我已经有新女朋友了。你为什么觉得前女友会一直喜欢你啊？"

小海戴着美瞳的眼睛有些干涩。

这种时候一般会用"脸上火辣辣的"来形容，而圆香的情况是脑袋充血快要裂开了。

"你不会以为我照顾你是别有用心吧？"

"是的……"

"对一个人好难道就一定要是恋爱关系吗？"

"对不起。"

小海不是恋人，不是朋友，不是学姐，也不是老师或家人。

对圆香来说，她是"不是任何人"的人。

圆香觉得说不定自己是喜欢小海的。

本该停止的眼泪又流了出来。不管是血还是眼泪，液体一旦流出就无法受圆香的意志所控制，这点很讨厌。

"诶，没事呀。我又没生你气。今天是第几天了？来月经了还是老老实实待着比较好。就跟生病一样，也或许是心理作用吧，心情上的。月经一结束，就会想当时为什么跟病得要死了一样。那七天简直就像是另一个人。"

圆香认识的小海，不是语速很快的人。她总是用一种将糖球含在舌尖上的声音说话，绝不会发出像拔除杂草一般随意的声音。和往常一样她的睫毛上翘着，但下半张脸被粉红色的口罩遮住了，看起来像变了一个人。

"嗯……真的很对不起。"

"没事。流血的时候，谁都会变得不正常。"

挂在小海耳朵上的耳机里传出声音，好像是其他店员在叫她。

小海轻轻一挥手就不见了。

"谢谢。"

圆香终于说出了大家都认可的，圆润又温柔
的话语。

SPRING 野
更具体地生长

主　　编 | 徐　狗
策划编辑 | 王子豪

营销总监 | 闵　婕
营销编辑 | 狄洋意　许芸茹

版权联络 | rights@chihpub.com.cn
品牌合作 | zy@chihpub.com.cn

野SPRING望
MOUNTAIN

出品方　春山望野（北京）
文化传媒有限公司

Room 216, 2nd Floor, Building 1, Yard 31,
Guangqu Road, Chaoyang, Beijing, China